文/賴曉妍、賴馬
圖/賴馬

你知道

愛哭公主是誰嗎？

我知道，
有一次我不小心吃了
她籃子裡的水果，
她就哭了。

我知道，
上次去遊樂園，
我和她穿了一樣的衣服，
她就哭了。

我也知道，
昨天我騎腳踏車，
地上的水坑濺起水，
弄髒了她的衣服，
她就哭了。

還有還有，
我說她很愛哭，
她就哭了。

愛哭公主嘴巴大、
尾巴長。

愛哭公主個子小、
哭聲大。

愛哭公主愛漂亮、
住城堡。

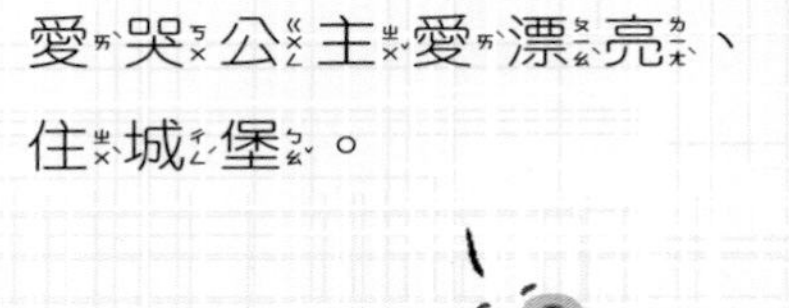

愛哭公主喜歡粉紅色
和蝴蝶結。

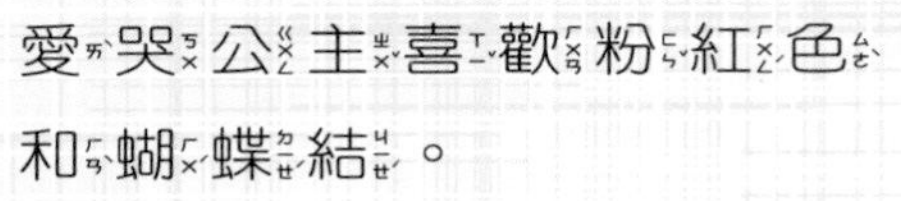

走了走了！
溜~

快跑！
愛哭公主
就是我！

愛咪公主是一個很可愛的小女生。可是，她常常會為了一點小事就哭，所以大家都叫她「愛哭公主」。今天，愛哭公主又一路哭著回家。

「寶貝別哭！」高貴的皇后媽媽跟往常一樣，抱著愛哭公主溫柔的說：「再過幾天就是你的生日了，我們請朋友來家裡玩，辦個粉紅色生日派對，好嗎？」愛哭公主擦擦眼淚，輕聲的說：「好」。

生日派對在花園裡舉行，

這次特別盛大，大家熱熱鬧鬧的布置著派對。

國王請了全城最好的廚師和糕餅師傅來做派對用的餐點，愛哭公主的哥哥也說當天要表演騎獨輪車呢！

終於到了派對當天。

「粉紅色派對」，當然所有的東西和點心都要是粉紅色的。

莓果波士頓派、水蜜桃布丁、草莓甜心酥……

生日蛋糕上，還擺了一個用粉紅糖霜做成的愛哭公主。

受邀來參加派對的小朋友，都用粉紅色來裝扮自己。
小熊向奶奶借了一頂漂亮的粉紅色淑女帽，
黑面琵鷺挑了兩頂粉紅色派對帽，小蛇穿著粉紅色高領毛衣……
大家都盛裝打扮，連身上也塗成了粉紅色。

愛哭公主穿了媽媽特別為她準備的粉紅色蓬蓬裙，
頭戴粉紅色皇冠，手提粉紅色包包，穿著粉紅色靴子。

我的小寶貝好漂亮啊！
開心的笑臉真迷人。
是啊！只要她不哭。

派對才剛開始。

愛哭公主突然大叫！

原本熱鬧的會場，

一下子安靜了下來。

大家緊張的看著愛哭公主。

是老闆送的。
買100顆送1顆！
為什麼會有黃色的氣球？

黃色氣球……　　怎麼會這樣……　　嗚……

「嗚哇!!我不要黃色氣球！

粉紅色派對不可以有

黃色氣球！」

愛哭公主大哭起來。

愛哭公主坐著哭、　躺著哭、　趴著哭、

愛哭公主哭得一發不可收拾，點心、蛋糕、飲料，全灑在她美麗的禮服上。朋友們趕緊逃跑。

滾來滾去一直哭，
哭聲愈來愈大
嗚哇！
唉唷~
我被壓扁啦！
我要回去
照顧妹妹。
我的作業還沒寫完！
我忘了刷牙就來了！
我是幫媽媽
出來買東西的。
哎唷！
好痛！
媽媽叫我
早點回家。

愛哭公主哭了好久好久……
這次破了自己的記錄，
哭了兩個小時又三十八分鐘。

「寶貝，你變成一個泥巴公主了。」皇后溫柔的說。

愛哭公主低頭看看自己滿身的泥巴，又看看前面一蹋糊塗的派對，
她小聲的說：「媽媽，我把派對搞砸了，對不對？」
「我的朋友都被我嚇跑了。」

皇后摸摸愛哭公主的頭說：「嗯！我想你一定很傷心，

我們先去洗洗澡好嗎？」

愛哭公主一連洗了五盆泡泡澡，才把身上的泥巴洗乾淨。

洗完澡後，她的心情平靜多了。

「我可以再辦一次派對嗎？」愛哭公主問媽媽。

「如果下次派對，又發生讓你不開心的事，那怎麼辦呢？」媽媽問。

愛哭公主害羞的紅了臉。

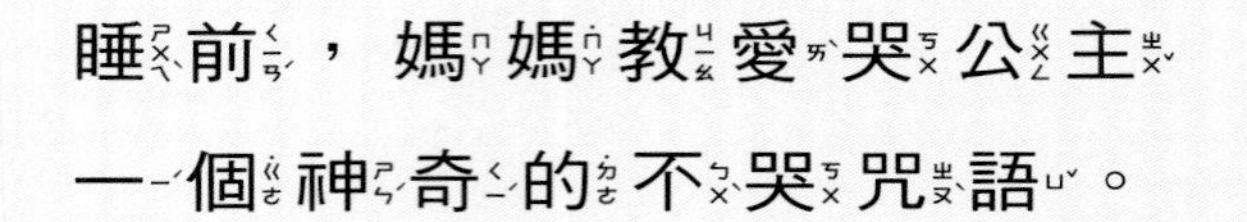

睡前，媽媽教愛哭公主

一個神奇的不哭咒語。

深呼吸，123，

怪怪東西看不見，

哭哭臉變笑笑臉。

「遇到不開心的事，就可以

唸一唸唷！」媽媽說。

愛哭公主用力的點點頭。

她決定下一次要辦一個

「黃色派對」。

「黃色派對」，當然所有的東西和點心都要是黃色的。

香蕉瑞士捲、南瓜果凍、起司泡芙……

派對蛋糕上，還擺了一個用黃色糖霜做成的愛哭公主。

再次來參加的小朋友都用黃色來裝扮自己，連身上也塗成了黃色。

愛哭公主穿了一件非常漂亮的黃色蓬蓬裙，
戴上一頂黃色皇冠，手上捧著一束黃色玫瑰花。
另外，她還帶了媽媽特地為她準備的「特製黃色眼鏡」。

派對才剛開始。

愛哭公主突然大叫！

愛哭公主跑過去一看，
原來是一頂藍色帽子。

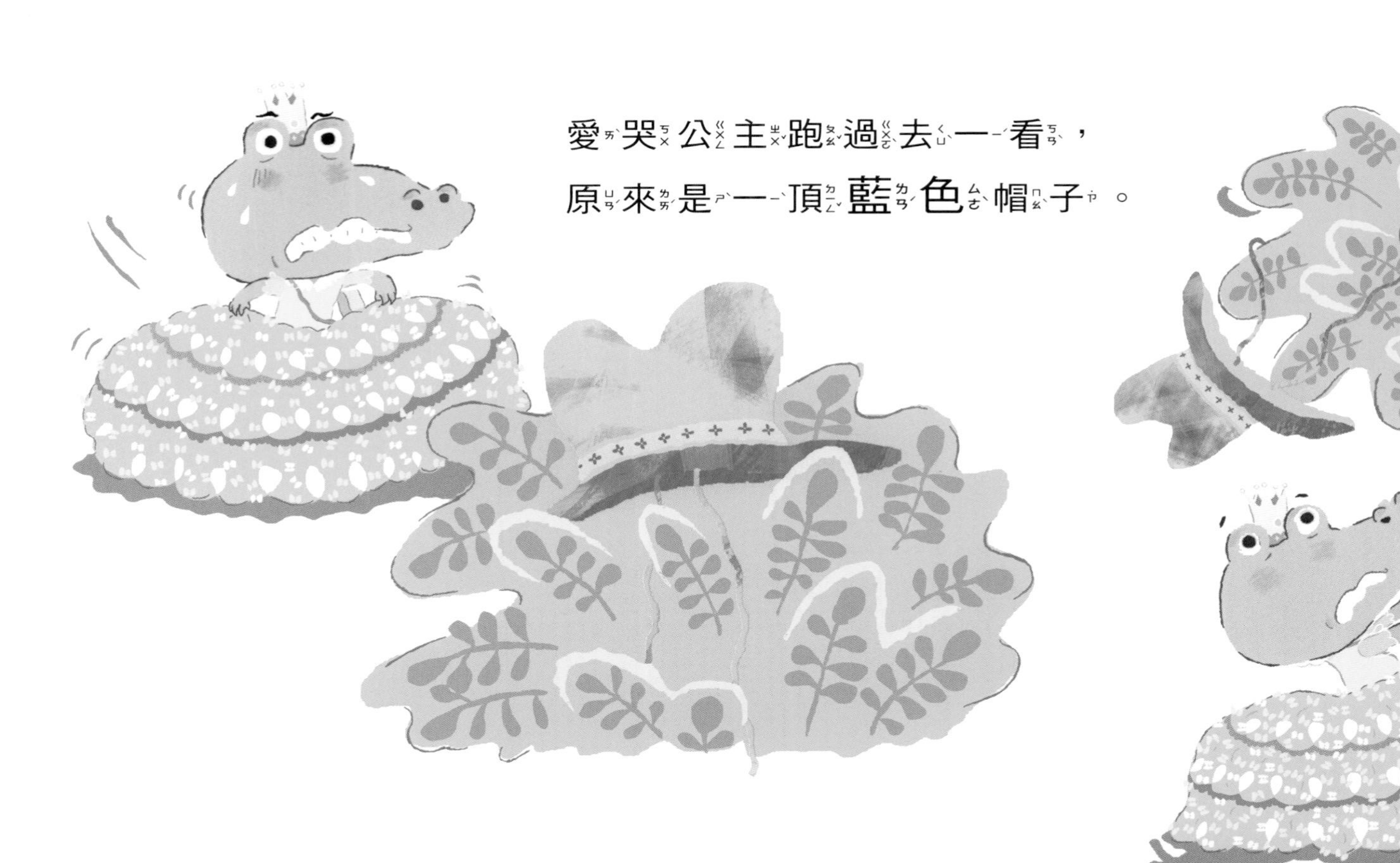

搖～
搖～

「喔不！不會吧！」小狗說。
小象說：「又來了！」。

大家全都屏住呼吸，看著愛哭公主。

愛哭公主看著大家緊張的樣子，想到了上次的粉紅色派對。

「對了！」愛哭公主想到
媽媽教她的不哭咒語。

深呼吸，123，
怪怪東西看不見，
哭哭臉變笑笑臉。

然後，拿出媽媽為她準備的
「特製黃色眼鏡」。
原來這個眼鏡，不管看什麼，
都是黃色的。

愛哭公主戴起眼鏡看看大家，
再看看手上的帽子，
她笑了起來。

「這頂藍色帽子好漂亮！」
她問朋友們：
「我們下次再辦一個
藍色派對好不好？」

「好！」
大家高聲歡呼。
耶！

還有，以後請叫我
「愛咪公主」。
好，一定!!

愛哭公主（新版）

文｜賴曉妍、賴馬　圖｜賴馬
責任編輯｜黃雅妮
美術編輯｜賴曉妍
美術設計｜賴曉妍、賴馬
封面・內頁手寫字｜賴拓希、賴咸穎
行銷企劃｜高嘉吟

天下雜誌群創辦人｜殷允芃
董事長兼執行長｜何琦瑜
媒體暨產品事業群
總經理｜游玉雪
副總經理｜林彥傑
總編輯｜林欣靜
行銷總監｜林育菁
副總監｜蔡忠琦
版權主任｜何晨瑋、黃微真

出版者｜親子天下股份有限公司
地址｜台北市104建國北路一段96號 4 樓
電話｜（02）2509-2800　傳真｜（02）2509-2462
網址｜www.parenting.com.tw
讀者服務專線｜（02）2662-0332　週一～週五：09:00~17:30
讀者服務傳真｜（02）2662-6048
客服信箱｜parenting@cw.com.tw
法律顧問｜台英國際商務法律事務所・羅明通律師
製版印刷｜中原造像股份有限公司
總經銷｜大和圖書有限公司　電話：（02）8990-2588
出版日期｜2014年7月第一版第一次印行
2024年6月第二版第二十九次印行
定價｜360元
書號｜BKKP0228P
ISBN｜978-957-503-319-4（精裝）

訂購服務
親子天下Shopping｜shopping.parenting.com.tw
海外・大量訂購｜parenting@cw.com.tw
書香花園｜台北市建國北路二段6巷11號
電話（02）2506-1635
劃撥帳號｜50331356 親子天下股份有限公司
www.parenting.com.tw

立即購買 >

我們家的超嗨床邊故事

《愛哭公主》是我們家馬麻和女兒們的私房床邊故事之一。
這個故事陸續「玩」了逾半年、安可連連、就是聽不膩。
沒有錯！在我們家，要說是「說」故事，不如說是「玩」故事。
每次和孩子一起設定不同的派對主題、場景元素、情緒的引爆點、大哭成災的慘況、
如何解決善後……，對不擅長說教的我們來說，這個故事有玩不完的梗還具有功能性，
某種程度疏解了孩子成長帶來的小小、惱人的情緒問題。
又因為實在太受孩子歡迎，於是應『自己的心意』要求，編繪出來與大家分享。
問我們這樣子的睡前故事有用嗎？答案是當然越聽越嗨，
馬麻說經常講到自己都已經不知道是在說故事、還是在說夢話了。

關於賴馬

1968年生，27歲那年出版第一本書《我變成一隻噴火龍了！》
即獲得好評，從此成為專職的圖畫書創作者。
目前一家五口在台東玩耍生活著，並於2014年夏天成立了「賴馬繪本館」。
在賴馬的創作裡，每個看似幽默輕鬆的故事，其實結構嚴謹，
不但務求合情合理、還要符合邏輯，每有新作都廣受喜愛。
2014年出版的《愛哭公主》榮獲兒童及少年圖畫金鼎獎，
並與情緒系列《生氣王子》和《勇敢小火車》累計逾20萬本的亮眼銷售成績，
更於2016年榮獲博客來年度最暢銷華文作家，足以顯示賴馬在圖畫書世界的魅力。

關於賴曉妍

美麗知性兼具的賴馬太太、賴家三個小孩的親娘，也是賴馬家庭創作事業體的CEO。
工作時捕獲賴馬一枚（另一真實性較高的說法是，賴馬對太太一見鍾情，死纏爛打，每天一封情書）
從此移居台東，過著幸福快樂的日子。2014年賴馬繪本館開張，是不可或缺的幕後推手。
與賴馬的情緒系列作品一樣，本書改編自媽媽與孩子們的自創床邊故事。
並著有《賴馬家的52周生活週記簿》與《朱瑞福的游泳課》。

賴馬作品　《我變成一隻噴火龍了！》、《帕拉帕拉山的妖怪》、《早起的一天》、《我和我家附近的野狗們》、
《猜一猜 我是誰？》、《生氣王子》、《愛哭公主》、《慌張先生》、《勇敢小火車》、《十二生肖的故事》、
《胖先生和高大個》、《金太陽 銀太陽》和2018最新創作《朱瑞福的游泳課》。